Petit monde vivant

Les félins

MW00962868

Amanda Bishop et Bobbie Kalman

Traduction : Michèle Morin

Les félins est la traduction de *What is a Cat?* de Amanda Bishop et Bobbie Kalman (ISBN 0-86505-967-5).
© 2003, Crabtree Publishing Company, 612 Welland Ave., St. Catharines, Ontario, Canada L2M 5V6

Catalogage avant publication de la Bibliothèque nationale du Canada

Kalman, Bobbie, 1947-

   Les félins

   (Petit monde vivant)
   Traduction de: What is a cat?.
   Comprend un index.
   Pour enfants de 6 à 10 ans.

   ISBN 2-89579-006-X

   1. Félidés - Ouvrages pour la jeunesse. 2. Chats - Ouvrages pour la jeunesse. I. Bishop, Amanda. II. Titre. III. Kalman, Bobbie, 1947- . Petit monde vivant.

QI.737.C23K3514 2003   j599.75   C2003-940813-2

Nous reconnaissons l'aide financière du gouvernement du Canada par l'entremise du Programme d'Aide au Développement de l'Industrie de l'Édition (PADIÉ) pour nos activités d'édition.

Conseil des Arts du Canada   **Canada Council for the Arts**

Éditions Banjo remercie le Conseil des Arts du Canada du soutien accordé à son programme d'édition dans le cadre du programme des subventions globales aux éditeurs.

Cet ouvrage a été publié avec le soutien de la SODEC.

Gouvernement du Québec – Programme de crédit d'impôt pour l'édition de livres – Gestion SODEC.

Dépôt légal – Bibliothèque nationale du Québec, 2003
Bibliothèque nationale du Canada, 2003
ISBN 2-89579-**006**-X

Les félins
© Éditions Banjo, 2003
233, av. Dunbar, bureau 300
Mont-Royal (Québec)
Canada H3P 2H4
Téléphone: (514) 738-9818 / 1-888-738-9818
Télécopieur: (514) 738-5838 / 1-888-273-5247
Site Internet: www.editionsbanjo.ca

Imprimé au Canada

Table des matières

Qu'est-ce qu'un félin ?   4

Les grands félins   6

Les petits félins   8

Le corps des félins   10

Les sens des félins   12

La communication
chez les félins   14

Des chatons choyés   16

Les félins des forêts   18

Les félins des plaines
herbeuses   20

Félins du désert   22

Les félins de montagne   24

Les félins des neiges   26

Curiosités   28

Les félins menacés   31

Glossaire et Index   32

Qu'est-ce qu'un félin ?

Un félin, c'est un mammifère. Les mammifères sont des animaux à sang chaud. La température de leur corps varie peu même si la température dans l'environnement change. Les mammifères ont le corps recouvert d'un pelage ou d'une fourrure.

Tous les félins ont un pelage – même les chats des **races** qu'on dit sans poils. Les femelles des mammifères donnent naissance à des bébés qu'elles allaitent, c'est-à-dire que ces petits tètent le lait de leur mère durant plusieurs mois.

Félins, grands et petits

Il y a toutes sortes de félins dans le monde ! La plupart des félins se ressemblent, car ils appartiennent tous à la même famille d'animaux, la famille des félidés. Environ 40 différentes espèces, ou types, de félins vivent à l'état sauvage. On classe généralement les félins en deux groupes : les grands félins et les petits félins. Les grands félins ont des caractéristiques et des mœurs, ou habitudes de vie, légèrement différentes de celles des petits félins. De nombreux petits félins vivent dans la nature, mais le chat **domestique**, qui est un animal de compagnie, fait aussi partie des petits félins. Tous les chats domestiques appartiennent à l'espèce appelée *Felis catus*. Toutefois, cette espèce comprend environ 80 races. Les races se distinguent par la coloration, la taille et certaines autres caractéristiques.

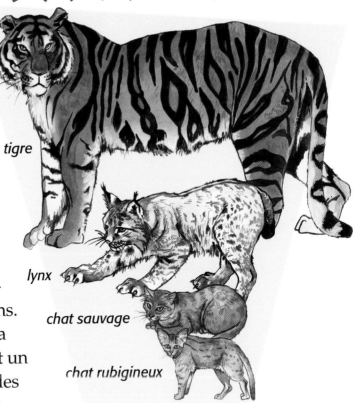

tigre

lynx

chat sauvage

chat rubigineux

Le tigre de Sibérie est le plus grand félin du monde. Il peut atteindre jusqu'à 3,3 mètres, sans compter la queue ! Compare sa taille avec celle du chat rubigineux qui ne mesure pas plus de 30 centimètres. C'est l'un des plus petits félins du monde.

À l'origine des félins

Les scientifiques croient que les félins sont les **descendants** du miacis, la créature préhistorique représentée ci-contre. Cet animal pourrait aussi être un ancêtre d'autres carnivores, ou animaux chasseurs, comme les chiens et les ours.

Les grands félins

Les grands félins comprennent les lions, les tigres, les jaguars, les cougouars et les guépards. Tous les grands félins vivent naturellement à l'état sauvage. Les tigres sont les plus gros et les plus grands des grands félins – et de tous les félins ! Les lions les suivent de près, puis viennent les cougouars (photo ci-dessous), les léopards, les jaguars, les guépards et les panthères des neiges. Les grands félins sont de puissants coureurs et de bons chasseurs. Certaines espèces de grands félins émettent de profonds et tonnants rugissements qui peuvent être entendus sur de longues distances. Les félins rugissent pour avertir d'autres félins de rester hors de leur territoire et pour effrayer et même **paralyser** leur proie. Les grands félins ne peuvent cependant pas tous rugir. Les cougouars, les guépards et les panthères des neiges ont des cordes vocales différentes de celles des grands félins qui rugissent. Pour bien se faire entendre, ils crient au lieu de rugir.

Des pelages de couleurs variées

À la naissance, les grands félins ont parfois un pelage noir. C'est ce qu'on appelle une coloration **mélanistique**. Cela est surtout courant chez les léopards, les cougouars et les jaguars, bien qu'on ait déjà vu des tigres mélanistiques. Il y a aussi les lions « blancs » et les tigres du Bengale qui ont une fourrure beaucoup plus pâle que celle des autres lions et des autres tigres.

Les tigres

Les tigres sont les plus féroces des grands félins. On les reconnaît facilement aux rayures qui marquent leur fourrure de même que leur peau. La plupart des tigres ont de grandes rayures sombres sur leur pelage orangé, mais des tigres à rayures pâles et à fourrure noire ont déjà été observés ! Depuis cinquante ans, trois types de tigres se sont éteints. Il ne reste plus qu'environ 5000 tigres dans le monde, aujourd'hui.

Les guépards

Les guépards sont les plus rapides mammifères terrestres. Ils sont différents des autres grands félins. Leur corps est plus petit – pas plus de un mètre ou un mètre et demi, queue non comprise. Les guépards sont aussi les seuls félins qui ne peuvent rentrer les griffes. Leurs griffes sont toujours sorties. Contrairement aux autres grands félins, qui chassent habituellement à la nuit tombée, la plupart des guépards chassent durant le jour.

Les petits félins

Il y a toutes sortes de petits félins ! La coloration et les marquages de plusieurs petits félins ressemblent à ceux des grands félins, mais leur corps et leurs comportements sont différents. Les petits félins ne rugissent pas comme les grands félins et ils ont tendance à faire leur toilette plus souvent.

◄ *Le chat de Temminck est aussi appelé chat doré d'Asie. Sa face est marquée de vigoureux traits.*

La panthère longibande est plus apparentée aux petits félins qu'aux grands félins comme le léopard et la panthère des neiges. Son larynx et le marquage de sa robe sont semblables à ceux d'autres petits félins.

La parenté du chat

Les chats sauvages sont les plus proches parents des chats domestiques. Les naturalistes croient que les chats sauvages d'Afrique ont été les premiers félins à devenir des animaux de compagnie. Ils auraient été apprivoisés par les Égyptiens de l'Antiquité, il y a de cela des milliers d'années. Certains Africains ont encore des chats sauvages comme animaux de compagnie.

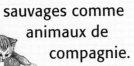

Des chats noirs

À la naissance, les petits félins ont souvent une coloration mélanistique. Ces deux chats sont tous deux des chats de Geoffroy. Le chat de gauche a une coloration commune, mais le chat de droite est mélanis-tique. Le chat de Geoffroy a à peu près la taille d'un chat domestique. Il vit dans les arbres d'Amérique du Sud.

Le corps des félins

Les félins ont tous les mêmes caractéristiques fondamentales, peu importe leur taille et leur espèce. Leur corps robuste et gracieux est puissant et agile, c'est-à-dire capable de se mouvoir rapidement et avec aisance. Grâce à leur agilité, les félins peuvent faire des mouvements dont les autres animaux sont incapables. Les félins peuvent marcher le long de rampes étroites sans perdre l'équilibre et ils peuvent rapidement grimper au sommet d'un arbre. Leur agilité leur permet aussi de retomber sur leurs pattes s'ils font une chute. Même s'ils tombent sur le dos, les félins sont suffisamment flexibles pour se retourner sur leurs pattes avant de toucher le sol.

Tous les félins, qu'ils soient grands ou petits, ont plus d'os que toi ! Le squelette d'un félin comprend 230 os, tandis que le tien n'en compte que 206.

Les félins sont des vertébrés. Tous les vertébrés ont une colonne vertébrale ou épine dorsale.

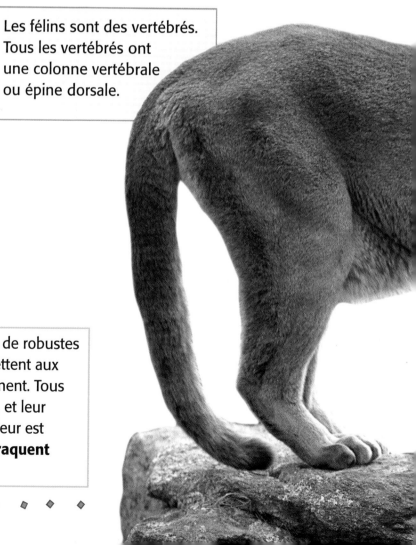

Les félins se servent de leur queue pour maintenir leur équilibre, surtout lorsqu'ils courent.

Les pieds des félins sont tapissés de robustes coussinets. Ces coussinets permettent aux félins de se déplacer silencieusement. Tous les félins sont de bons chasseurs, et leur habileté à se mouvoir sans bruit leur est particulièrement utile quand ils **traquent** une proie et chassent.

De grandes gueules

La langue des félins est recouverte de bosses rugueuses appelées papilles. Les félins se servent de leurs papilles pour goûter. Ils s'en servent aussi pour lisser leur fourrure, pour laper de l'eau et pour nettoyer des os de toute chair. Plus le félin est gros, plus ses papilles sont râpeuses !

Les félins sont des carnivores. Ils ont 30 dents acérées pour mordre leurs proies et arracher la viande des os. Les mâchoires des félins ne sont pas mobiles latéralement : elles ne peuvent pas broyer la nourriture comme le font les mâchoires des humains. Les félins déchiquettent plutôt la viande en morceaux qu'ils avalent tout entiers.

Le pelage des félins peut être long ou court; sombre ou clair; tacheté, rayé ou uni. Il se compose d'un sous-poil court et de longs poils de jarre. Le sous-poil maintient la température corporelle du félin. Les félins des climats froids ont un épais sous-poil qui les protège du froid. Les longs poils de jarre tiennent le sous-poil au sec. Tous les félins font la toilette de leur fourrure. Ils la nettoient à l'aide de leurs griffes, de leurs dents et de leur langue râpeuse.

Toutes griffes dehors !

Les félins ont des griffes à toutes les pattes. Ils gardent les griffes rentrées la plupart du temps, mais ils les sortent quand ils sont inquiets. Les félins se servent de leurs griffes pour grimper aux arbres, pour débarrasser leur fourrure de la boue qui l'encombre et pour se défendre. Les félins aiment se faire les griffes en les grattant contre les arbres (voir page 28). Certains chats domestiques se font aussi les griffes sur une planche à griffes ou sur le mobilier de leurs maîtres !

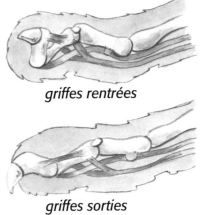

griffes rentrées

griffes sorties

Les sens des félins

La fourrure qui entoure les yeux de nombreux félins est ornée de marquages sombres qui font paraître moins ronds les yeux de ces animaux.

Tous les félins, même les chats domestiques, sont des prédateurs ou chasseurs. Ils ont des sens aiguisés qui les aident à détecter leurs proies, c'est-à-dire des animaux à chasser. Même les chats quotidiennement nourris par les humains chassent parfois, simplement parce que ce sont des félins.

Les yeux des félins

Les félins ont de grands yeux. Leurs **pupilles** s'agrandissent ou se referment pour laisser entrer plus ou moins de lumière. En pleine lumière, les pupilles des petits félins ont l'air d'une mince fente, mais celles des grands félins apparaissent plus rondes.

Une membrane spéciale

L'arrière des yeux des félins est recouvert d'une **membrane** spéciale appelée tapis rétinien. Cette membrane recueille la moindre lumière, même la nuit, et la réfléchit pour aider le félin à voir. La lumière que réfléchit le tapis rétinien donne parfois aux yeux des félins une lueur inquiétante dans l'obscurité.

De précieuses moustaches

Les **vibrisses** ou moustaches sont de longs poils sensibles que les félins ont sur la tête et sur la face. Elles permettent aux félins de se diriger quand ils ne peuvent pas bien voir. Si un félin peut passer la tête par une ouverture sans que ses moustaches se frottent aux parois, il sait que le reste de son corps passera aussi.

Une ouïe aiguisée

Les félins ont un excellent sens de l'ouïe. Aucun son, même ténu, n'échappe à leurs oreilles. Quand un félin entend un bruit étrange, il pointe ses oreilles en direction du son et écoute attentivement.

Un museau très sensible

Tous les animaux, donc les humains aussi, dégagent une odeur. Les félins se servent de leur nez pour détecter les odeurs des autres animaux. Ils se servent aussi d'un organe qu'ils ont au palais pour savourer les particules odorantes. Cet organe s'appelle **glande de Jacobsen**. Ton chat se sert de sa glande de Jacobsen s'il ouvre la bouche pour faire une **bouche de Flehmen** comme le tigre sur la photo.

La communication chez les félins

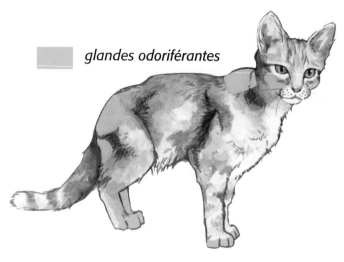

glandes odoriférantes

*Quand un chat se frotte la face contre tes jambes, il se sert de son odeur pour communiquer. Les chats marquent leur **territoire**, y compris les gens et les objets qui s'y trouvent, en y laissant l'odeur que sécrètent leurs glandes odoriférantes.*

Les chats domestiques miaulent pour attirer l'attention des gens, souvent parce qu'ils veulent de la nourriture ou des caresses. Les grands félins comme les tigres ne peuvent miauler que lorsqu'ils sont chatons. Une fois adultes, ils rugissent tout comme leurs parents !

Les félins ne parlent pas, mais ils peuvent quand même communiquer. Ils s'envoient des messages les uns aux autres et ils nous en envoient aussi en ronronnant, en sifflant et en grognant. Ils s'expriment aussi à l'aide de mouvements et du **langage corporel**, par exemple quand ils fouettent l'air de leur queue ou qu'ils font le gros dos.

Ça ronronne rrrondement !

Le son le plus connu des félins est le ronronnement. Les chats ronronnent quand ils se sentent en bonne compagnie ou à l'aise. Les scientifiques croient que le ronronnement est aussi un son apaisant pour les chats. Les chats malades ronronnent souvent pour eux-mêmes. Durant la tétée, la mère et ses chatons ronronnent.

Félins grondants et rugissants

Le sifflement, le miaulement et le rugissement sont des bruits que les félins font pour exprimer de l'agressivité. Les félins sifflent ou poussent des grognements quand ils se sentent menacés. Les mâles miaulent ou hurlent pour défier un adversaire, généralement en vue de **s'accoupler** à une femelle. Le rugissement est le plus effrayant cri des félins. Quand un grand félin rugit, les animaux des environs savent que cela annonce une chasse !

Soyons clairs

Les félins sont des animaux très expressifs, mais les humains ont souvent de la difficulté à comprendre leur langage corporel. Par exemple, un chat qui fouette l'air de sa queue est probablement irrité, tandis qu'un autre qui la remue doucement envoie peut-être des signaux d'amitié. Beaucoup de gens ont remarqué que divers félins ont des comportements similaires pour signaler les mêmes choses, par exemple l'agressivité ou l'affection. Les gens se servent de ces modèles de comportement pour tenter de comprendre ce que « disent » les félins. Il reste cependant difficile de connaître le sens exact des messages qu'émettent les félins.

Quand un chat te regarde dans les yeux, il indique qu'il te fait confiance. Si les yeux de ton chat sont légèrement alanguis, c'est probablement qu'il est détendu et satisfait.

Gare !

Cette panthère des neiges a toutes les allures d'un félin prêt à l'attaque. D'abord, elle montre les dents et se rabat les oreilles contre la tête. Elle hérisse ensuite ses poils pour avoir l'air plus massive qu'elle ne l'est en réalité. Chaque poil de son pelage est attaché à un muscle qui lui permet de le bouger. Enfin, le félin s'accroupit légèrement sur ses pattes arrière : il est prêt à bondir !

Des chatons choyés

Quand une mère doit porter ses chatons à l'abri du danger, elle les saisit par la peau du cou.

À la naissance, tous les félins sont petits. Les bébés de la plupart des grands félins sont appelés chatons. Et ces bébés ont besoin de beaucoup d'attention ! Les jeunes félins dépendent entièrement de leur mère durant les premières semaines de leur vie.

Une bonne mère

Presque tous les chatons naissent par **portée** de deux ou plus. Ils naissent aveugles. Leur mère les nettoie à l'aide de sa langue et les aide à trouver les tétines sur son ventre pour qu'ils puissent se nourrir de son lait.

On ne bouge plus

Les mères de bébés félins transportent leurs chatons par la peau du cou. Tous les félins ont le réflexe, c'est-à-dire la réaction automatique, de s'immobiliser quand on les saisit par la peau du cou. Les chatons qui sont transportés par la peau du cou ne peuvent donc pas se débattre.

Manger à sa faim

Dans la nature, la plupart des tigres chassent environ une fois par semaine, mais une mère chasse plus souvent — surtout quand ses bébés sont très petits. Elle doit chasser et manger davantage pour pouvoir se nourrir et nourrir ses chatons affamés.

Les félins des forêts

Les félins qui vivent dans les forêts sont d'excellents grimpeurs, mais ils passent aussi beaucoup de temps au sol. Les jaguars et les ocelots vivent sous le couvert des forêts. Ils chassent au sol durant la nuit. Les chats margays et les kodkods demeurent presque toujours dans les arbres. Ils y chassent, y dorment et y élèvent leurs petits. Les léopards chassent au sol mais montent leur repas dans les arbres et y mangent.

Le jaguaroundi a un corps allongé qui rappelle celui de la fouine.

Les ocelots et les chats margays

L'ocelot (à gauche) et le chat margay (en bas) se ressemblent, mais les ocelots sont plus gros. Ces derniers vivent au sol, tandis que les chats margays vivent dans les arbres. Parce qu'ils ont un magnifique pelage, ces félins sont victimes de braconnage, c'est-à-dire d'une chasse illégale. Quand la chasse à l'ocelot a été interdite, les braconniers se sont mis à chasser les chats margays à la place. À présent, les deux espèces de félins sont **rares**.

Les chats margays sont les seuls félins à pouvoir redescendre à quatre pattes d'un arbre où ils sont d'abord montés.

Les léopards

Les léopards sont de grands félins à fourrure tachetée de rosettes. Ils passent la plus grande partie de leur temps seuls. Ils dorment et mangent dans les arbres durant le jour et chassent la nuit.

Les jaguars

Les jaguars sont des prédateurs de la jungle. Ils attendent dans les arbres que leurs proies passent sous eux au sol. Ils bondissent alors sur elles et les tuent en leur mordant le crâne.

Les félins des plaines herbeuses

Les plaines herbeuses sont des zones où l'herbe pousse en abondance, mais pas les arbres. Il y a peu d'ombre pour protéger les félins du soleil ardent. Plusieurs félins des plaines herbeuses dorment presque tout le jour et chassent la nuit quand il fait plus frais.

Le clan du lion

La plupart des félins vivent seuls, mais les lions vivent en groupes familiaux appelés clans. Un clan se compose de lionnes apparentées, de leurs jeunes et de un à trois adultes mâles. Les membres du clan vivent et chassent ensemble sur de vastes étendues de territoire.

Le serval

À l'aide de ses grandes oreilles, le serval (ci-contre) se tient à l'affût des rongeurs. Il peut même les entendre bouger dans leurs terriers souterrains ! Le serval saute en l'air pour mieux se jeter sur ses proies. Il trouve aussi à manger en introduisant une de ses longues pattes dans un terrier.

Les guépards

Contrairement à la plupart des félins des plaines herbeuses, les guépards de la **savane** africaine chassent durant le jour. Les guides de safaris touristiques amènent souvent leurs clients en autobus ou en camion près de ces animaux dans l'espoir de leur faire observer les guépards en action. Hélas, les véhicules attirent l'attention sur les guépards, et leurs proies se sauvent avant même d'être prises en chasse. Les guépards royaux, comme celui de la photo, ne sont cependant pas dérangés par les touristes, car ces rares félins chassent la nuit. Physiquement, les guépards royaux sont légèrement différents des autres guépards. Leur **collier** est plus apparent et les taches noires de leur dos sont si larges qu'elles semblent ne former qu'une bande.

Félins du désert

Les déserts sont des endroits où il pleut très peu. La vie dans le désert est rude pour les félins parce que l'eau est difficile à trouver. Seuls quelques types de félins peuvent survivre dans cet **habitat** hostile. La plupart des félins du désert vivent en bordure des déserts et passent aussi du temps dans les plaines herbeuses avoisinantes.

Le caracal, ci-dessus, est un chasseur du désert qui bondit en l'air pour attraper des oiseaux qui prennent leur envol.

Le caracal

Le caracal est parfois appelé *lynx du désert*. Il est facile à reconnaître, car il a de longues touffes de poils au bout des oreilles. Sa robe est faite d'une courte fourrure qui le tient au frais dans les environnements chauds et secs. Comme la plupart des félins du désert, les caracals chassent la nuit quand l'air est plus frais.

Le chat des sables

Le chat des sables est un petit félin qui a une grosse tête et une queue annelée. Les poils qui lui poussent sous les pieds protègent ses pattes du sable brûlant. Le chat des sables passe ses journées dans l'ombre fraîche de son terrier. S'il n'est pas dérangé, il n'en sortira qu'à la nuit.

Le chat manul

Le chat manul, ou chat de Pallas, habite dans les froids déserts d'Asie. Certains chats manuls vivent dans les plaines herbeuses et sur les flancs des montagnes. Le chat manul a une épaisse fourrure qui le tient bien au chaud, même par des températures très froides.

Comme la plupart des félins du désert, le chat des sables (ci-dessus) et le chat manul (ci-dessous) ont des pattes courtes et un corps trapu.

Les félins de montagne

Plusieurs félins vivent sur les pentes rocheuses. Les félins de montagne sont très agiles. Ce sont d'excellents grimpeurs. Il leur faut aussi être de bons sauteurs. En effet, le seul moyen d'aller d'un sommet à un autre, c'est parfois de sauter !

Les félins de montagne comme ce lynx doivent s'agripper fermement au sol et savoir garder l'équilibre tandis qu'ils montent et descendent les montagnes.

La panthère des neiges

La panthère des neiges vit au sommet des montagnes d'Asie, là où la température est généralement froide. Son corps est bien adapté à la neige et aux basses températures. Elle a une longue et épaisse fourrure qui l'empêche de prendre froid et de vigoureuses pattes munies de larges pieds pour se mouvoir dans la neige.

Le chat des pampas d'Amérique du Sud vit dans les montagnes, dans les plaines herbeuses et dans les forêts. Son proche parent, le chat des Andes, ne vit que dans les montagnes. Il est rare qu'on puisse photographier un chat des Andes, car il habite à plus de 3000 mètres d'altitude ! ►

Le cougouar s'appelle aussi lion des montagnes ou puma. Il peut vivre dans toutes sortes d'habitats, dont la montagne. C'est le plus grand félin en Amérique du Nord. ▼

Les félins des neiges

Les félins des hautes montagnes ou des régions nordiques connaissent des températures froides la majeure partie de l'année. Pour survivre, ces félins doivent conserver leur chaleur et demeurer au sec, même dans la neige. Ils doivent aussi trouver suffisamment d'animaux à se mettre sous la dent. Le tigre de Sibérie, que l'on voit ci-dessus, est le plus grand prédateur terrestre. Son habitat se trouve dans le sud-est de la Russie.

Le lynx du Canada

Il y a quatre types de lynx. Celui que tu vois ici est le lynx du Canada. Les longs poils de jarre de sa fourrure empêchent la neige et la glace d'atteindre son sous-poil et sa peau. Ce félin a de grosses pattes larges qui s'agrippent aux surfaces glissantes.

Le lynx roux

Le lynx roux est un autre type de lynx. Il vit en Amérique du Nord. Il est plus petit que les autres types de lynx et a une coloration différente. Le lynx roux habite souvent là où il neige, mais il peut aussi vivre dans les déserts et les montagnes.

Curiosités

Les chats domestiques et les chats sauvages ont beaucoup en commun. Ils ont des mœurs et des **instincts** similaires. La plus grande différence entre les deux groupes est que les chats sauvages craignent les humains !

Le soin des griffes

Tous les félins **se font les griffes** des pattes avant. Cela leur permet de marquer leur territoire, car ils laissent leur odeur sur les arbres ou les planches à griffes sur lesquels ils se frottent les pattes. Et pour avoir des griffes en santé, il faut se les faire régulièrement. En frottant leurs griffes sur une surface rugueuse, les félins les libèrent de la couche ternie sous laquelle se trouvent toujours de nouvelles griffes plus acérées. Pour se débarrasser des couches externes de leurs griffes arrière, les félins les rongent.

Une course perdue d'avance !

Les guépards sont les plus rapides des animaux terrestres. Ils peuvent atteindre jusqu'à 100 kilomètres à l'heure. Le guépard a un squelette léger, de larges pattes et de longs muscles spéciaux idéaux pour la course. Il a de larges narines et de vastes poumons qui permettent à son organisme de consommer beaucoup d'oxygène.

L'art du camouflage

Les taches et les rayures de la robe des félins servent de camouflage : elles aident l'animal à se fondre dans son environnement. Par exemple, la panthère des neiges (ci-dessus) se confond avec les rochers qui l'entourent. Même la couleur orange et les rayures noires des tigres sont du camouflage. En effet, les cerfs sont des proies qui ne distinguent pas le vert de l'orange. Quand les tigres sont debout dans l'herbe haute, les cerfs ne les voient pas.

Un coup de patte à la science

Crois-le ou non, les félins et les humains ont un **ADN**, c'est-à-dire une composition chimique, similaire. Comme les humains, les félins sont sujets à de nombreuses maladies. Certaines ressemblent aux maladies humaines. Les chercheurs qui tentent de trouver des remèdes contre les maladies humaines comme la leucémie et le diabète ont beaucoup appris en étudiant les félins atteints de la forme **féline** de ces maladies.

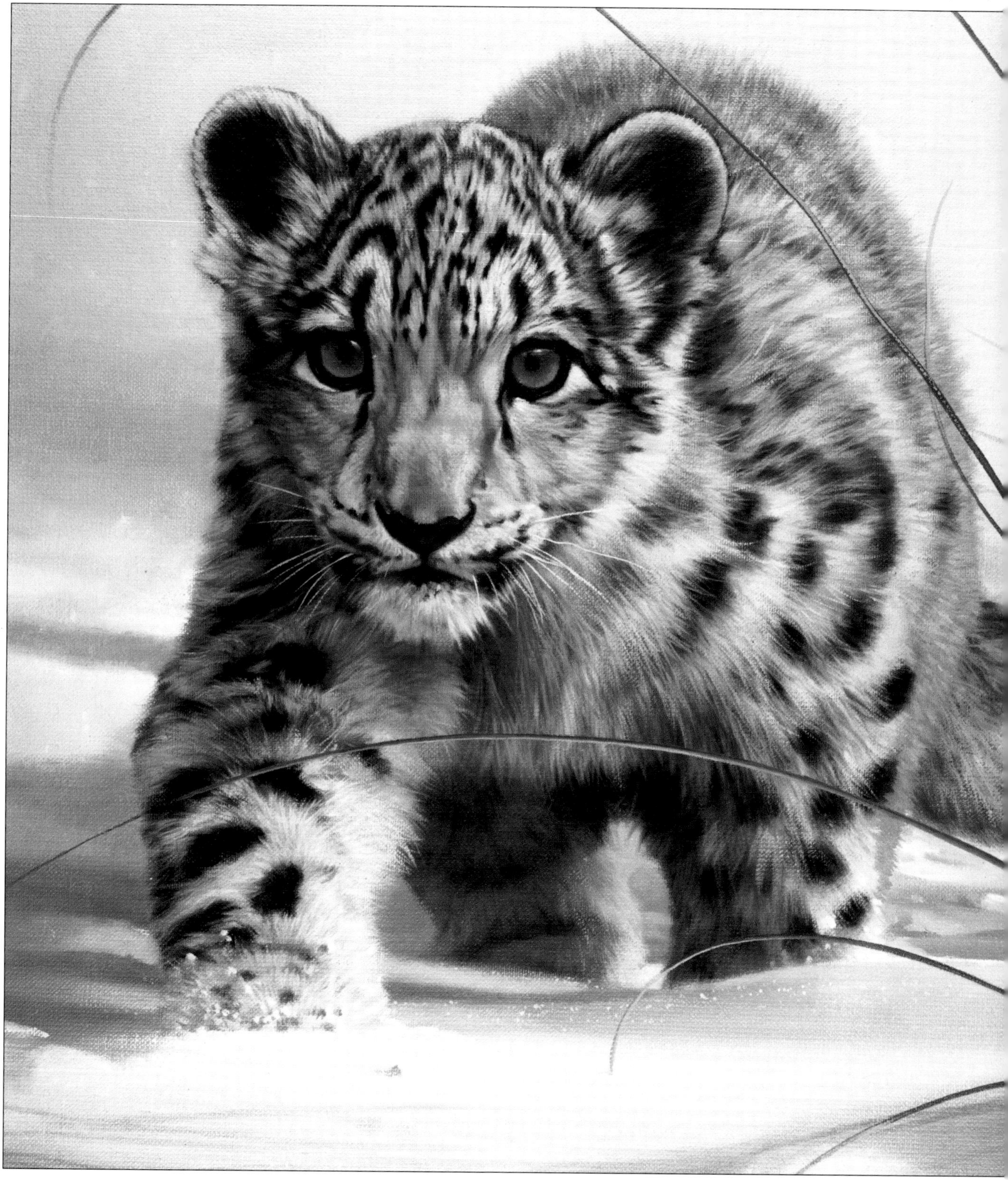

Une œuvre de Ian Coleman www.colemangallery.com

Les félins menacés

Il y a toutes sortes de chats domestiques dans le monde, mais de moins en moins de félins vivant à l'état sauvage. Les raisons de leur disparition sont nombreuses, mais la plus fréquente est la destruction de leur habitat.

Le chez-soi des félins

Tous les félins, surtout s'ils sont sauvages, ont besoin d'un territoire où vivre. Ce territoire doit contenir assez de proies pour que le félin puisse chasser et se nourrir. Quand les humains viennent s'installer dans de nouvelles zones, ils empiètent sur les habitats naturels de tous ces animaux. Les félins et les autres animaux sauvages doivent alors vivre à l'étroit, sur des territoires réduits, et rivaliser entre eux pour des réserves de nourriture plus restreintes. Les félins de telles zones peuvent manquer de nourriture et disparaître s'il n'y a plus assez de proies.

Comment aider ?

Dans le monde, beaucoup de gens veulent protéger les félins sauvages. Tu peux te renseigner sur le sort de ces animaux dans Internet. Fais une recherche sur les félins menacés et vois les mesures que certains pays ont mis sur pied pour les protéger. Peut-être trouveras-tu toi aussi un moyen de contribuer aux efforts de préservation !

Glossaire

ADN   Abréviation d'acide désoxyribonucléique, ou molécules qui, dans les cellules, déterminent la croissance et le développement des êtres vivants.

Bouche de Flehmen   Réaction aux odeurs par laquelle un félin piège des particules odoriférantes dans sa bouche.

Collier   Fourrure entourant le cou d'un félin.

Descendant   Animal qui est le parent éloigné d'un animal primitif.

Domestique   Se dit d'un animal qui vit avec les humains.

Félin   Qualifie quelque chose ayant rapport aux félins.

Glande de Jacobsen   Organe situé dans le palais des félins et servant à goûter et à sentir.

Habitat   L'environnement naturel dans lequel un animal vit.

Instinct   Comportement naturel qui n'est ni enseigné ni appris.

Langage corporel   Actions, mouvements ou comportements dont se servent les animaux pour communiquer.

Mélanistique   Se dit d'une peau ou d'une fourrure dont la coloration naturelle est sombre.

Membrane   Mince couche de tissu cellulaire qui enveloppe un organe.

Paralyser   Terroriser une proie à l'aide d'un bruit effrayant pour l'empêcher de fuir.

Portée   Groupe de chatons ou de petits nés en même temps d'une même mère.

Pupille   Partie sombre au milieu de l'œil qui règle la quantité de lumière qui pénètre dans le globe oculaire.

Race   Une variété de chat domestique.

Rare   Peu commun; se dit d'une espèce menacée d'extinction.

S'accoupler   Faire des bébés.

Savane   Plaine herbeuse.

Se faire les griffes   Traîner ses griffes sur une surface rugueuse.

Territoire   Zone dans laquelle un animal vit et chasse et qu'il défend.

Traquer   Guetter ou suivre furtivement une proie.

Index

Bébés   4, 14, 16-17, 20

Chasse   7, 10, 12, 14, 17, 18, 19, 20, 21, 22, 23, 26, 31

Chats domestiques   5, 9, 14

Coloration   7, 8, 9, 27, 29

Corps   4, 7, 8, 10-11, 13, 14, 15, 18, 23, 25

Cougouar   6, 7, 25

Fourrure (pelage, robe)   4, 7, 8, 11, 12, 15, 23, 25, 27

Grands félins   5, 6-7, 14, 16

Guépard   6, 7, 21, 28

Habitat   22, 25, 26, 31

Jaguar   6, 7, 18, 19

Léopard   6, 7, 18, 19

Lion   6, 20

Lynx   5, 27

Odeur   13, 14, 28

Panthère des neiges   6, 15, 25, 29

Petits félins   5, 8-9

Sens   12-13

Tigre   5, 6, 7, 14, 17, 26, 29, 31